L'HEUREUSE FOIBLESSE

OU

L'ENTRETIEN

DES TUILLERIES.

NOUVELLE GALANTE.

A LA HAYE,

Chez JEAN NEAULME.

M. DCC. XXXVI.

L'HEUREUSE
FOIBLESSE
OU
LES AMOURS
DU MARQUIS DE***.

ET DE MADEMOISELLE DE***.

J'ETOIS un des jours de cet Eté aux Tuilleries, & conduit dans ce beau lieu par quelques douces rêveries j'en avois choifi l'endroit le plus retiré, perfuadé que perfonne ne m'y viendroit troubler. Là cou-

A

ché nonchalamment ſur l'herbe ;
je ne ſongeois à rien moins qu'à
être ſpectateur d'un tête-à-tête. Ce
mot offre d'abord à l'idée la con-
verſation d'un amant avec ſa maî-
treſſe ; cependant cet entretien
quoique tendre , n'étoit qu'un a-
moureux récit qu'une jeune Dame
fort aimable faiſoit à une de ſes a-
mies : j'y trouvai de ſi jolis inci-
dens , que je réſolus d'en faire part
au Public. C'eſt ce projet que je
mets en exécution. Cette aimable
perſonne commença en ces ter-
mes.

L A tendre amitié qui nous lie
ne me permet pas de différer
plus long-tems à vous apprendre
comment je ſuis devenuë l'épouſe
du Marquis. Vous m'avez pluſieurs
fois preſſé de vous donner cette ſatisfaction , & ce ſeroit paroître peu ſenſible à vos inſtances, que

de tarder à vous en inftruire. Je
vais donc, Madame, avec toute
la fincérité poffible, vous apprendre par quels fecrets refforts de la
fortune, l'Amour après nous avoir
fait fouffrir bien des maux, nous
a, de concert avec l'Himen, unis
pour jamais.

Le Marquis fort d'une des plus
illuftres maifons de P**. Ses ancêtres fe font toûjours diftingués
par leur attachement à la perfonne
de nos Rois, & il eft fils d'un
grand Capitaine, qui mourut au
lit d'honneur dans les dernieres
gueres. Il n'eft pas néceffaire que
je vous en faffe le portrait, vous
le connoiffez : & d'ailleurs les
loüanges que je lui donnerois feroient fufpectes dans ma bouche
avec d'autant plus de raifon, que
le charme qui m'attacha à lui dès
les premiers momens que je l'ai
vû, m'ôte la liberté de pouvoir

sans prévention décider de son mérite ; pour son caractére vous reconnoîtrez dans mon récit, celui du plus honnête homme du monde.

Pour moi je suis, comme vous sçavez, seule fille d'un pere auquel je fus toûjours extrêmement chére. La profession d'Avocat qu'il exerçoit avec beaucoup de réputation, le fit connoître de la mere du Marquis qui le chargea de quelques affaires dans lesquelles il réussit si fort à son gré, qu'elle lui donna toute sa confiance, & le pria de vouloir bien se charger de son fils ; qui, quelque tems après étant venu à Paris pour y faire ses exercices, prit un appartement chez nous. Mon pere le reçut pénétré de reconnoissance des sentimens favorables de la Marquise, & recommanda qu'on eût pour lui tous les égards possibles. Le Marquis pou-

voit alors avoir vingt-ans & j'en-
trois à peine fur ma dix-neuviéme.

Nous paffâmes les premiers jours
en cérémonies & en compliments
réciproques fuivant la coûtume
ufité entre gens qui ne fe connoif-
fent qu'à peine. Son efprit, fa douceur, & mille autres agrémens
que nous découvrîmes en lui nous
porterent bientôt à nous féliciter
d'avoir un tel hôte : enfin le tems
ayant apporté entre nous plus de
familiarité, il nous fembla avoir
toûjours vécu enfemble.

Je vivois dans une heureufe innocence : je fçavois que j'avois un
cœur ; mais j'ignorois quel plaifir
l'on trouve à le perdre. Quoi,
interrompit la Dame qui écoutoit ;
à dix-neuf-ans vous n'aviez point
encore fenti pour perfonne certains
mouvemens, heureux avant-cou-
reurs d'une belle paffion. Non,
continua la jeune Marquife, de l'a-

mour je connoissois tout au plus
le nom : je voyois le Marquis avec
plaisir, il me paroissoit aimable ;
mais j'étois bien éloignée de croire
que ce que je sentois pour lui, tînt
de la tendresse : ainsi sans le sçavoir & presqu'insensiblement, l'a-
mour s'emparoit de mon cœur sous
les noms spécieux d'estime & d'a-
mitié.

Je me faisois une douce habi-
tude de l'aimer, sa présence m'ins-
piroit une gaïeté que son absence changeoit aussi-tôt en une tris-
tesse dont je me demandois moi-
même la cause : cependant ses soins
obligeans, son empressement à
me voir, ses regards, ses soupirs,
que vous dirai je enfin, tout mé
confirma qu'il m'aimoit ; & réfléchissant sur moi-même, je sentis
que je n'avois que trop de penchant à le payer de retour. Vous
voyez, Madame, les rapides pro-

grès que fit l'amour dans mon cœur.

Le Marquis m'entretenoit des
charmes qu'offroit à ſes yeux le ſéjour de Paris, & m'aſſûroit que de
tous, le plaiſir de me voir étoit
pour lui le plus ſenſible , & le
ſeul en même-tems qui pût le dé-
dommager de l'éloignement d'une
mere dont il étoit tendrement cheri. Chaque jour m'offroit de ſa
part quelques nouvelles galante-
ries ; & à travers un fond de timi-
dité j'appercevois dans ces diſcours un caractere tendre & paſ-
ſionné , que le plaiſir de me voir
augmentoit en lui chaque jour.

Il y avoit long-tems qu'il balan-
çoit à m'ouvrir ſon cœur quand
il me dit qu'il avoit un ſecret à
me confier , mais qu'il attendroit
une occaſion favorable pour m'en
inſtruire. Il la chercha long-tems
ſans pouvoir la trouver, & je n'étois
pas moins impatiente que lui de

ſçavoir ce qu'il me vouloit dire, lorſque ce moment ſi ſouhaité ſe préſenta lorſque nous l'eſpé-rions le moins.

Un jour que je me croyois ſeu-le à la maiſon je fus ſurpriſe de voir entrer le Marquis dans ma chambre. L'air rêveur & embar-raſſé avec lequel il m'aborda me fit craindre qu'il ne lui fût arrivé quelque malheur. Monſieur le Marquis, lui dis-je, qu'avez-vous? Paris ceſſe-t-il d'avoir pour vous des charmes ? Vous ennuïez-vous déjà d'être avec nous ? Qui peut cauſer enfin la mélancolie où je vous vois plongé ? de grace con-fiez-moi vos peines.

C'eſt mon deſſein , me répon-dit-il , & ce n'eſt qu'à vous, Ma-demoiſelle , que j'en puiſſe faire part. Paris , loin de ceſſer d'être charmant à mes yeux , renferme maintenant ce que j'ai de plus

cher au monde : j'y ai perdu mon
cœur, ma liberté. Mais c'eſt trop
me contraindre, continua-t-il, je
vous aime, trop charmante Angélique : Que dis-je ! ce terme n'ex-
prime que foiblement ce que je
reſſens pour vous. Pardonnez un
ſi tendre & ſi ſincere aveu. Envain juſqu'à préſent j'ai fait parler
mes yeux, vous n'avez point paru
entendre ce langage muet. Mon
ſecret enfin échapé peut faire ſur
vous deux effets différens, il peut ne
pas vous déplaire, & par conſé-
quent me rendre le plus fortuné des mortels : mais auſſi peut-
il vous être à charge, & m'ôter
une vie que je n'eſtime que pour
vous.

Ce diſcours obligeant, lui dis-
je, m'offre deux partis : le premier,
de contribuer à votre repos : le
ſecond, dites-vous, de vous rendre malheureux. J'ai l'ame trop

compatissante pour balancer à choisir : Vivez, Monsieur, sûr d'avoir mon estime, tranquillisez-vous ; mais vous aimer est, je vous l'avouë, une affaire délicate & qui mérite mes réflexions.

J'allois poursuivre lorsque l'arrivée de ma mere mit fin à un entretien dont j'eusse eû beaucoup de peine à me tirer sans montrer ma défaite ; car j'aimois le Marquis & je venois d'apprendre avec plaisir que j'avois fait la conquête de son jeune cœur.

Le reste de cette journée se passa, lui occupé, à ce que j'imagine, de l'effet qu'auroit produit sur moi sa déclaration ; mais moi bien indécise sur le parti que je devois prendre en cette occasion ; quoique novice dans l'art d'aimer, la lecture de quelques Romans m'avoit donné une legere idée du caractere des hommes, j'y avois trouvé que

prefque tous font trompeurs , fujets
à changer , & que la même vivacité
qui les porte à nous aimer , les engage très fouvent à nous abandonner. Vous penfez bien , Madame ,
qu'avec de pareilles impreffions ,
une jeune perfonne difficilement
rifque à perdre fon cœur ; cependant je vous l'avouërai ingénument,
le mien dès-lors ne reconnoiffoit
de loix que celles que le Marquis
lui impofoit.

Le foir vint , je me mis au lit l'efprit agité de mille idées confufes ,
réfléchiffant tantôt fur fon état &
tantôt fur le mien , je me reprefen-
tois avec douleur le peu de vraifem-
blance qu'il eut fur moi des vuës
légitimes. Envain de Morphée j'im-
plorai l'affiftance , ce Dieu fut fourd
à ma voix ; il ne me fut pas permis
de fermer l'œil de la nuit ; d'un côté la fituation de mon cœur me portoit à aimer un objet tout à la fois &

dangereux & aimable : de l'autre la raiſon me dictoit de ne pas l'écouter : vingt fois je vis la raiſon prête à avoir le deſſous ; une derniere conſidération vint cependant qui l'emporta ; & réfléchiſſant ſur ce que je me devois à moi-même, je réſolus d'étouffer dans mon cœur tout ſentiment de tendreſſe pour le Marquis qui ne la méritoit que trop. Enfin après m'être bien promis de fuïr l'occaſion de me trouver ſeule avec lui , je crus avoir priſe toutes les meſures poſſibles pour n'être point la victime d'un trop doux penchant,& je m'imaginai avoir ſatisfait à une vertu qui , pour ne pas ſe trouver d'accord avec mes ſentimens, me paroiſſoit trop dure & trop ſevere.

Je me levai , contente de la victoire que je m'imaginois avoir remporté ſur moi-même , & m'occupai à quelques ouvrages domeſtiques,

mestiques, m'applaudissant de ma
prétenduë tranquillité. J'étois dans
cet état lorsque les cris de la popu-
lace, & la façon dont on heurta à
notre porte, changea la situation
de mes esprits. En effet, jugez de
ma douleur; le Marquis entra, pâ-
le, tout sanglant, la mort peinte
sur le visage, & soutenu de deux
personnes.

A ce spectacle affreux tous mes
sens se glacerent, je tombai éva-
noüie, j'ignore ce qui se passa
dans ce moment ; mais étant re-
venuë, je trouvai ma mere auprès
de moi, qui me dit que le Marquis s'étoit battu, & avoit été
blessé; mais que le Chirurgien qui
venoit de le panser avoit assûré que
sa blessure n'étoit pas mortelle.
Cette certitude, Madame, m'aïant
un peu tranquillisé, j'allai le voir,
& m'étant approché de son lit
je lui témoignai la part que je pre-

B

nois à son état. Il me remercia, &
me serrant tendrement la main, il
me dit : En vain l'on m'assûre que
je n'ai rien à craindre pour mes
jours, le Chirurgien peut bien ré-
pondre d'une de mes plaies ; mais
vous seule pouvez guérir l'autre.
Oui, continua-t-il, si vous ne met-
tez fin à ma peine, si vous n'ap-
prouvez mon amour, le chagrin
dans l'état où je suis, vous prive-
ra bientôt d'un objet qui vous bles-
se. Il n'en put dire davantage, &
quelqu'un qui survint m'obligea à
me retirer.

La douleur que tout le monde
ressentoit, me permit de laisser é-
clatter la mienne ; & rappellant ce
qu'il m'avoit dit, toutes mes réso-
lutions s'évanouirent, ce feu que
je m'imaginois éteint s'alluma plus
que jamais ; & l'amour sur la rai-
son prit à son tour le dessus. Je
ne pus penser que je serois cause

de sa mort sans frémir, & me laissai aller à ce charme séducteur qui m'entretenoit malgré moi, cependant il falloit me montrer sensible à sa tendresse.

Vous sçavez, Madame, combien il en coûte à notre sexe d'avouer sa défaite : je ne me sentois point assez de force pour lui dire que son amour étoit payé du plus tendre retour ; c'est pourquoi je résolus de confier au papier des sentimens dont je n'eusse jamais pû lui faire part de vive voix.

Pour cet effet, j'allai le lendemain lui souhaiter le bon jour, & je laissai tomber sur son lit un billet, dont voici le contenu :

Apprenez, & votre triomphe, & ma défaite, nous sommes tous deux blessés du même trait, vivez pour moi, cher Marquis, puisque sans vous je ne puis vivre.

Je me retirai aussi-tôt toute

tremblante de la démarche que je
venois de faire. Je n'avois de ma
vie écrit lettre de tendreffe ; mais
que ne fait-on pas pour ce qu'on
aime. L'amour eft un grand maître,
interrompit la Dame qui écoutoit.
Oui, reprit la Marquife, & j'en fis
alors la douce expérience : mais
pour en revenir au Marquis, je fus
quelques jours fans ofer me pré-
fenter devant lui. La certitude où
j'étois qu'il alloit de mieux en
mieux me raffûrant, je ne m'occupai que du plaifir fécret d'aimer
d'être aimée.

L'envie que j'avois de le voir,
me porta cependant bientôt à
lui rendre vifite : Mais quelle a-
gréable furprife ! Quel heureux
changement ! fes beaux yeux me
parurent avoir repris leur éclat.
Il m'affûra qu'il étoit guéri ; &
ne pouvant me parler à caufe du
monde dont il étoit environné, il

jetta sur moi un regard si tendre & si passionné, que le rouge m'en monta au visage. On ne s'apperçut heureusement pas de cette émotion, & je me retirai très-satisfaite, flattée de l'espoir de voir bientôt ce que j'avois de plus cher, me demander la confirmation d'un aveu trop tendre à la vérité, mais sincére. Il se leva enfin & me parut plus aimable que jamais : nous fûmes quelque tems sans pouvoir nous parler : cependant quelques jours après du monde survenu au logis nous en facilita le moyen.

Le Marquis commença par me faire sentir combien il étoit sensible à ce que j'avois fait pour lui, & il le fit de la maniere du monde la plus touchante. Il m'assûra ensuite d'un amour que rien ne pourroit altérer, & jura même de n'en avoir jamais d'autre que moi. Je

B iij

ne puis exprimer la joie secrette qu'inspira dans mon cœur de si tendres sentimens ; mais comme la naissance du Marquis me paroissoit toujours un obstacle à mon bonheur , je saisis ce moment pour lui faire part de mes sentimens , & lui tint ce discours.

En vain vous m'assûrez la possession de votre cœur, si vous n'en pouvez pas disposer. Je ne doute point que vous ne m'aimiez ; mais, mon cher Marquis , quel peut être votre but. L'amour qu'a un jeune homme de votre rang pour une fille comme moi , ne peut être regardé que comme galanterie. Vous n'avez pas, sans doute, assez réfléchi à la distance qui se trouve entre nous : Vous avez oublié que vous dépendiez d'une mere qui ne souffrira jamais que vous épousiez une fille sans naissance & sans fortune. L'hymen seul cependant

peut nous rendre heureux ; car
quoique j'aye eu la foibleffe de
vous avouer que vous aviez fçû
prendre la route de mon cœur,
n'attendez pas pour cela que je
faffe aucune démarche qui puiffe
faire tort à ma vertu ; & fi je ne
puis devenir votre époufe, fçachez
que j'ai l'ame trop bien placée pour
être jamais votre maîtreffe.

De pareils foupçons offenfe mon
amour & ma gloire, répondit le
Marquis, & je ne me ferois jamais
imaginé que vous m'euffiez crû
capable d'un pareil procédé. Mon
deffein eft de vous aimer toujours,
ou comme amant refpectueux, ou
comme époux tendre & fidéle.
Rien, continua-t-il, en me fer-
rant la main, rien ne pourra m'em-
pêcher d'être à vous tôt ou tard.

Eh bien ! repris-je, aimez-moi
j'y confens, foyez fûr de toute
ma tendreffe, & attendons tout

du tems & de la fortune. Nos meſures ainſi priſes nous vécûmes dans une tranquillité parfaite, cachant aux yeux de tout le monde nos vrais ſentimens. Nous nous voyons à chaque inſtant du jour, nous nous aimions, l'eſpérance nous faiſoit vivre; dans cette douce inaction, nous paſſâmes quelques mois. Cependant le Marquis n'avoit pas encore ſorti Paris, il eût envie de voir Verſailles, & m'en ayant demandé la permiſſion, je la lui accordai à condition qu'il n'y feroit pas un long ſéjour, il m'aſſûra, que l'amour le rameneroit bientôt auprès de ce qu'il avoit de plus cher; il partit après avoir fait ſes adieux.

Les quatre ou cinq premiers jours ſe paſſerent non ſans inquiétude de ma part. J'aimois trop tendrement le Marquis pour n'être pas ſenſible à ſon abſence. Mon

inquiétude augmenta voyant qu'il
y avoit déjà deux semaines qu'il
étoit parti : mon cœur allarmé ne
sçut que penser. Enfin je ne ces-
sois de me demander où il étoit
& ce qu'il pouvoit être devenu
lorsque nous apprîmes qu'il étoit
chez une Dame de nos amies. Cette nouvelle loin de me tranquilli-
ser acheva de me mettre au désespoir. Je sçavois que cette Dame avoit plusieurs filles fort aimables, l'amour va rarement sans
la jalousie, ce qui me persuada
que rien ne pouvoit le retenir,
que le plaisir d'une nouvelle conquête. Je me repentis de l'avoir
laissé partir & je passai quelques
jours qu'il resta encore, dans une
inquiétude mortelle ; funeste sui-
te d'une injuste jalousie : car
à son retour il me parut plus
tendre & plus amoureux que jamais.

. Je me plaignis du peu d'em-
preffement qu'il avoit fait paroître
à revenir auprès d'une perfonne
qu'il difoit aimer, & dont il étoit
fûr de l'être, & je lui confeillai de
retourner dans cette agréable mai-
fon où, fans doute, il avoit laiffé
fon cœur. Ce que j'en difois cependant n'étoit que pour irriter fa
tendreffe. Il voulut fe défendre, je
feignis de ne pas l'écouter ; mais
que cette rigueur apparente me
coûta cher : il me quitta les yeux
baignés de larmes ; je voulus cou-
rir après lui, mais il difparut.

Je l'attendis toute la journée,
mais vainement : le foir vint, &
me trouvant dans ma chambre en
liberté, je donnai un libre cours à
des pleurs qu'il m'avoit fallu retenir. Reviens, ingrat, m'écriai-je,
vois jufqu'à quel point tu m'eft
cher, viens effuyer des larmes que
je ne verfe que pour toi. Mais, non,

repris-je à l'inftant, ne t'offre plus
à mes yeux, ta vûë pour moi eft
trop dangereufe, je te parus aimable, & tu conçus dès-lors l'efpoir
de pouvoir contenter ta paffion. Je
t'ai fait fentir que par des voies
légitimes tu pouvois tout attendre
de ma tendreffe ; mais auffi que
rien n'étoit capable de me faire oublier ce que je me devois à moi-
même : Tu m'as tout promis,
beaucoup plus même que tu ne
peux, peût-être auffi n'as-tu agi
ainfi que pour m'abufer tôt ou tard.
Tu m'as abandonné, parce que tu
as connu que mon honneur m'é-
toit plus cher que toi ; & ne pouvant furprendre mon innocence,
tu portes ailleurs tes criminels def-
feins. Và cruel ? je te rends ton
cœur, il eft pour moi un préfent
trop funefte : Mais que dis-je, je
te fais injuftice. Pardon, cher
amant, tu ne fus jamais capable

de former un ſi lâche deſſein :
Viens calmer mes ſoupçons : hâtes-
toi de venir demander un pardon que je ſuis prête à t'accorder : on ne peut te voir ſans t'aimer , & c'eſt ce qui préciſément
allarme ma tendreſſe. Tu me parus aimable , ſans balancer je te
donnai mon cœur, il eſt vrai que
tu parus le ſouhaiter , mais qui ſçait
tu pourrois bien t'en voir offrir
que tu n'aurois pas demandé. Tandis que je m'abandonnois toute
entiere à ma flame, le Marquis
qui étoit rentré ſur le ſoir ſans
qu'on s'en apperçût ayant trouvé
ma porte entre-ouverte , & m'en-
tendant me plaindre , écoutoit.
Vous ſentez parfaitement , Madame , que l'aveu étoit trop tendre
pour qu'il n'en fut pas touché, & le
moment trop favorable pour qu'il ne
le ſaiſit , auſſi ne le perdit-il pas ; il
entra & vint ſe jetter à mes pieds.
Quelle

Quelle fut ma furprife, dans quel état me trouvoit-il ? Mon bonheur eft certain, s'écria-t-il, que votre déclaration a pour moi de charmes, qu'elle me promet d'heureux momens : fûr de votre conftance, ne doutez pas de la mienne, mon cœur eft à vous, je poffede le vôtre, qui peut déformais mettre obftacle à notre bonheur. Joüiffons, continua-t-il, du plaifir de nous aimer fans contrainte ; rendons notre fort digne d'envie. Mais quoi ! vous ne me répondez rien, ce cruel filence ne prouve que trop que vous doutez de ma foi.

Rendez-moi plus de juftice, lui dis-je en tremblant ; je vous crois fincere, je fçai que vous m'adorez ; mais qu'exigez-vous de ma tendreffe. Pour votre intérêt, pour le mien propre, je dois m'oppofer à vos defirs. Si je vous

C

suis cher, pourquoi me presser de vous accorder des faveurs, qui indubitablement mettroient fin à votre ardeur. Non, non, comptant vous donner des preuves convainquantes de mon amour, je perdrai ce cœur que vous m'offrîtes, que je reçus & que je suis jalouse de conserver. La vivacité de vos sentimens vous aveugle, vous vous imaginez que la joüissance d'une personne qu'on aime augmente la tendresse qu'on a pour elle; vous vous trompez, ce fut de tout tems le tombeau de l'amour, m'a-t-on dit. Aimez-moi, joüissez continuellement du plaisir de sçavoir que je n'ai rien de plus cher que vous; mais n'en exigez pas davantage. Non, vous ne m'aimez point, interrompit le Marquis, quand on aime est-on capable de tant de réflexions. Vous doutez toûjours de la pureté de mes sentimens, & me croyez capable de vous tromper; je ne puis survivre à de si noirs soupçons, ils m'offensent, & ma mort seule peut effacer cette tache. A ces mots il voulut se percer.

Je me jettai sur lui en m'écriant : Arrête, ingrat, que veux-tu faire, ces jours sont-ils à toi, en peus-tu disposer : crois-tu que je te puisse survivre. Ces paroles trop tendres firent tomber son épée, & lui-même à mes pieds. Je suis de tous les mortels le plus fortuné, me dit-il ; mais ne vous opposez plus à mon bonheur, fiez-vous à ma sincérité, je jure partout ce qu'il y a de plus sacré, que jamais pour un autre que vous je n'allumerai le flambeau d'Hymenée.

Helas ! Madame, qu'il est de certain moment où il est dangereux de se trouver tête à tête avec ce qu'on aime : l'amour & la ver-

C ij

tu se combattent, la vertu l'emporte quelquefois ; mais l'amour plus souvent reste maître du champ de bataille. J'aimois le Marquis, je le croyois sincére, le serment qu'il venoit de faire ne me permettoit presque pas de douter de sa franchise. Que vous dirai-je, enfin, il trouva l'heure du Berger, il en sçût profiter, je me trouvai sans force, il se rendit heureux. Nous passâmes une nuit qu'Amour, que le perfide Amour prit soin d'abréger : le jour parut & obligea le Marquis de se retirer. Me trouvant seule je fis d'inutiles refléxions à ce que j'avois fait, & l'amour qui m'avois ceint de son fatal bandeau ne me l'arracha que pour me représenter ma foiblesse. Je fus sur le point de m'abandonner au plus cruel désespoir ; mais la chose étoit faite, & de nature à ne pouvoir se réparer. D'ailleurs, je me flattai que le Marquis, que je nommerai mon époux, m'aimoit trop tendrement pour m'être jamais infidéle, & cette idée trop flateuse éloigna aussi-tôt de moi tout chagrins & tous regrets.

Que d'heureuses nuits, grand Dieu! le tems qui altere tout ne diminuoit rien de la tendresse de mon époux; plus nos plaisirs étoient réïterés, & plus ils nous étoient sensibles, le mistere les assaisonnoit. Un destin si charmant fut-il jamais fait pour de chétifs mortels? Non, sans doute, & notre sort étoit trop heureux pour pouvoir durer long-tems. Si le Destin semble quelquefois nous favoriser d'un revers bien prompt, le cruel nous accable.

Il y avoit déjà quelque tems que nous joüissions d'un sort si doux, lorsqu'un songe affreux m'annonça la perte ou plûtôt la

rupture d'un tendre lien. Une
nuit que je joüiffois d'un paifible
repos, un monftre affreux s'apparut
à moi, & faififfant le Marquis, le
déchira en mille piéces. Aux cris
que je fis à ce fanglant fpecta-
cle, mon époux s'éveilla, & me
trouvant toute tremblante, il me
demanda ce que j'avois, je le lui
racontai ingénûment, il me raffûra ;
& s'appercevant que le jour étoit
fur le point de paroître, il fe retira
& me laiffa au lit. Je voulus me
rendormir ; mais ce fut en vain.
L'efprit agité de mon cruel rêve,
je me levai inquiéte & frappée
d'un fecret preffentiment qu'il m'ar-
riveroit quelque chofe de fâcheux :
mes craintes n'étoient que trop
bien fondées, ce jour même devoit m'annoncer la perte de ce que
j'aimois.

En effet, j'étois à peine levée
que le Marquis reçut une Lettre

de Madame ſa mere, il l'oûvrit,
& penſa mourir de douleur quand
il vit qu'elle lui marquoit de ſe rendre au plûtôt auprès d'elle. Comme je n'étois point encore deſcen-
duë de ma chambre, il vint m'y
trouver, & fondant en larmes me
préſenta cette fatale Lettre, qui
en un moment empoiſonna la douceur de mes jours.

C'en eſt fait, m'écriai-je, après
en avoir fait la lecture, la vie pour
moi n'a plus de charmes : Hélas!
ne vous ai-je connu que pour
vous perdre ; vous m'aviez flatté
du plaiſir d'être à vous ; en con-
ſéquence d'un eſpoir ſi charmant,
de mes foibles attraits vous êtes
devenu poſſeſſeur, vous partez
cependant & me laiſſez ici. Qui
ſçait ſi vous obtiendrez un con-
ſentement dont dépend mon bonheur ? Qui me répondra que vous
ne me ſacrifierez pas aux inſtances

& aux careſſes d'une tendre Mere ?
Que, dis-je, toute ma raiſon cé-
de au déſeſpoir où me jette vôtre
départ. Dieu ! quelle vie vais-je
mener ? quelle ſûreté me donnez-
vous de ne me point oublier ?
dois-je en croire vos ſerments,
ce ſera peut-être aſſez pour vous
de m'avoir vaincuë, vous mépri-
ſerez votre conquête ? Mais hélas ! où me portent d'injuſtes ſoupçons cauſés par l'amour le plus
tendre ; je vous offenſe & la tendreſſe que j'ai pour vous m'eſt
un ſûr garant de la vôtre, hâtez-
vous de partir, preſſez votre retour.

Je ſens, me répondit-il, comme vous, ce coup d'autant plus
affreux qu'il étoit moins attendu,
cependant ceſſez de répandre des
larmes. Il faut, continua t-il, que
le devoir l'emporte aujourd'hui
ſur l'amour. Je vous quitte, il eſt

vrai en vous laiffant ici ; j'y mets
en dépôt le feul bien qui m'inté-
reffe, bien ineftimable à mes yeux ;
mais ne croyez pas que le devoir
me fit partir, fi l'efpérance d'affû-
rer votre repos & le mien avec
lui n'étoit d'intelligence : Calmez
donc vos ennuis, qu'aucun chagrin ne trouble votre ame, je re-
viendrai avant peu, ou mourir aux
pieds d'une amante, ou chercher
une époufe chérie.

Quels adieux ! Cruel moment,
tous deux baignés de larmes nous
embraffans fans pouvoir nous quitter, la douleur refferroit fi fort
nos cœurs que nous ne pouvions
proférer une parole. Il fallut cependant ceffer un entretien, qui,
quoique muet, n'en n'étoit pas
moins tendre. Le Marquis partit
le lendemain, & il me fallut cacher
ma douleur, mon chagrin, & me
livrer en proie aux plus vives al-

larmes. Avant de s'éloigner, cependant il convint que les lettres
qu'il m'écriroit feroient adreffées à
ma femme de chambre, qui en
quelque façon étoit dans ma confidence.

Mais interrompons pour quelque tems les regrets que la perte que je venois de faire rendoit
légitime, & fuivons-en l'objet.
Tandis que la crainte de perdre
le Marquis, tandis, dis-je, que
cette appréhenfion me livroit aux
plus cruels déplaifirs, il n'étoit
pas de fon côté plus tranquille.

Arrivé chez lui, fon premier
foin fut de régler quelques affaires qui demandoient fa préfence,
& de joüir des embraffemens
d'une Mere qui l'adoroit : mais
comme la crainte l'obligeoit à
garder le filence, l'envie de me
revoir avant de déclarer fa paffion
pour moi, le porta bientôt à

demander en grace de retourner à Paris. La Marquise avoit par de cruelles allarmes trop bien apprise, à combien de chagrins & d'inquiétudes expose l'absence d'un Fils unique qu'on chérit, pour y consentir : elle s'y opposa, mais elle ne fut pas long-tems à s'appercevoir du changement qu'avoit produit sur son Fils, le refus qu'elle lui avoit fait. Il devint triste, rêveur, tout commença à lui être à charge : on l'aimoit trop tendrement pour ne pas chercher à pénétrer le sujet de sa douleur.

Vous n'ignorez pas, mon Fils, lui dit Madame sa mere, la tendresse que j'ai pour vous, mais c'est bien peu me prouver la vôtre que de ne pas me faire part du sujet de vos maux. Non, continua-t-elle, voyant qu'il ne lui répondoit que par des larmes,

fi tu veux conferver mes jours ,
s'ils te font chers ne t'obftine plus
à garder avec moi un filence
qui me tuë, confies-moi tes peines , & fois fûr que fi je le puis,
je ne tarderai pas à y apporter re-
mede.

Vous n'aurez bientôt plus de
fils , s'écria le Marquis , mon mal
eft fans reméde , puifque le feul
qui s'y puiffe apporter eft le feul
auffi que vous puiffiez me refufer. Cependant quoique victime
tour à tour & de l'amour & du devoir , le dernier l'emportera toujours fur l'autre.

J'aime , mon amour eft payé du
plus tendre retour. L'aimable objet qui m'enflâme , à l'art de plaire
joint celui d'aimer : fans naiffance
& fans biens , elle a fçû captiver
mon cœur; je me fuis fait une loi
indifpenfable de l'aimer , je lui
ai

ai de plus donné ma foi. Je ne puis vivre ſans elle : je ne puis me reſoudre à vous deſobliger ; enfin, pour ne pas manquer à l'un de ces deux devoirs, la mort ſeule m'offre un azile : permettez-moi de l'accepter. Voilà, Madame, ce ſecret, que malgré moi vous m'arrachez.

Mon fils, interrompit la Marquiſe, je ſuis ſenſible à la repugnance que vous marquez avoir à me deſobliger: Je n'en attendois pas moins de votre noble cœur, par mes tendres ſoins formé. Toutefois ce peu d'interêt que vous paroiſſez prendre à vos jours, me bleſſe. Je vous rends cependant aſſez de juſtice pour croire qu'aveuglé par votre paſſion, vous n'avez pas fait juſqu'ici réflexion que les miens ſont attachés aux vôtres. Croyez-en ma tendreſſe, guériſſez vous d'un attachement

D

contraire à mes vûës : vous trou-
verez d'aimables perſonnes dignes
de votre tendreſſe, en qui la naiſ-
ſance & la beauté, feront raſſem-
blées. Je finis en vous conjurant
de ne pas perdre de vûë l'amitié
que j'ai pour vous. Adieu, mon
fils ; c'eſt vous en dire aſſez.

La Marquiſe extrêmement en-
têtée de ſa nobleſſe, & de ces maî-
treſſes femmes qui veulent être
obéïes, ne ſe contenta pas d'a-
voir conſeillé, ou plûtôt com-
mandé à ſon fils d'étouffer une
paſſion qu'elle deſaprouvoit, elle
donna en même-temps des ordres
ſi précis, qu'on lui rendit une
Lettre que ſon fils m'écrivoit, &
que par le même moyen elle en
intercepta une qui venoit de moi.

Mais laiſſons mon époux rêver
à ce qu'il vient d'entendre, & revenons à l'état où je me trouvois
alors.

Sans cesse occupée d'une image trop chere, toujours flattée d'un retour dont dépendoit mes jours, j'accusois le Soleil de prolonger sa course. La nuit qui pour moi avoit eu tant de charmes, secret témoin de mes plaisirs passés, l'étoit encore de mes vives allarmes : & toujours flotante entre la crainte & l'esperance, je traînois une mourante vie. Deux mois s'étoient écoulés depuis le départ de mon époux ; je n'avois point euë de ses nouvelles, & je l'accusois déja d'ingratitude quand j'en reçûs cette Lettre.

MADEMOISELLE,

Vous m'avez aimé, il ne m'est presque pas permis d'en douter ; j'ajouterai que vous méritiez qu'un si tendre souvenir ne s'effaçât jamais de ma mémoire : mais une mere,

D ij

à qui je ne puis rien refuſer, m'or-
donne de faire un autre choix, & je
vais avant peu donner à une autre
un cœur qui vous appartient ; c'eſt
avec la plus vive douleur. Cepen-
dant croyez-moi, oubliez un parjure,
un traître chez qui le devoir l'em-
porte ſur l'amour.

Je m'attendois à voir dans cette
Lettre un ſtile dicté par l'Amour
même : je comptois y trouver les
ſentimens du plus tendre de tous
les amants. Quelle difference,
juſte ciel ! Je lûs & relûs pluſieurs
fois ce fatal écrit, ſans en pouvoir
croire mes yeux. Vous vous imaginez peut-être, Madame, que
je m'abandonnai à de juſtes regrets : non, je reſtai comme im-
mobile, roulant dans mon eſprit
mille projets, détruits auſſi-tôt que
conçûs. Je ſortis cependant de
cette ſurpriſe, mais ce ne fut que

pour me livrer à toutes les fureurs,
fuites cruelles d'un amour outragé.
Enfin, après avoir maudit & ma
foibleffe & celui qui l'avoit caufée,
je revins cependant à moi-même;
& réfléchiffant qu'il étoit encore
temps, que le Marquis n'avoit
pas encore donné fa main, un refte
d'efpoir vint flatter mon ame éper-
düe. Je m'imaginai qu'un Billet,
non dicté par la fureur, le dépit
& la rage, mais plûtôt par la tendreffe, me rameneroit peut-être
ce cœur que j'étois fur le point
de perdre; & m'en tenant à ce
dernier projet, je lui écrivis ces
mots.

Rien ne feroit capable de me faire
changer de fentimens à votre égard;
envain vous m'apportez le devoir
pour excufe. Oubliez-vous vos fer-
mens? Eftes-vous innocent? Mais
que dis-je, cruel, vous ne m'aimâtes
jamais. Vous devez, dites-vous,

vous jetter dans les bras d'une autre , & cela par devoir. *Allez ,*
perfide , j'y conſens ; mais du
moins avant de jouir de votre nou-
velle conquête , montrez-vous ſenſi-
ble à ma douleur ; & par pitié, in-
grat, venez m'ôter la vie.

　J'envoiai ce Billet , qui changea bien de ſtile avant de parve-
nir à lui : car de même que je n'a-
vois pas reçû ſa Lettre , mais bien
celle que la Marquiſe avoit ſup-
poſée ; de même auſſi eut-on ſoin
de ſouſtraire la mienne, & de lui
rendre celle-ci à la place.

　Tâchez, mon cher Marquis, de
m'oublier : je vous aimai de l'amour
le plus tendre , mais un autre en
votre abſence a ſçû ſurprendre mon
cœur. Le devoir, que vous dirai-
je, l'amour même, l'a rendu poſſeſ-
ſeur d'un bien qui eut toujours été
à vous, ſi vous l'euſſiez ſçû garder.
Cette Lettre fut pour le Mar-

quis un coup de foudre; & ne
sçachant pas qui le lui portoit,
il me crût coupable. Tous deux
trompés, abusés par de vaines
apparences, nous prîmes cha-
cun notre parti. Lui réfléchissant
qu'après un pareil procedé il ne
pouvoit plus rien prétendre de ma
part, resolut de m'oublier, & fit
sa paix avec Madame sa mere.
Moi de mon côté ne recevant pas
de ses nouvelles, je crus mon malheur certain, & m'abandonnai au
plus cruel desespoir. Vingt fois
je fus sur le point d'attenter à ma
languissante vie. Le souvenir de
ma foiblesse étoit pour moi un
Vautour qui sans cesse me déchi-
roit l'ame.

Mais, helas! nous faisions l'un
& l'autre de vains efforts. Plus le
Marquis tâchoit de m'éloigner de
son idée, & plus je lui étois pre-
sente. Et moi j'avois beau me le

repréfenter infidéle , un refte de tendreffe me parloit pour lui.

Les chofes refterent dans cet état l'efpace d'un an ; & je ne penfois à rien moins qu'à le revoir, lorfque la fille qui, comme je vous ai dit, étoit en quelque façon dans ma confidence, m'apprit que la veuve d'un Gentilhomme, & de plus notre voifine, fe trouvant feule avec une fille fort aimable, qu'elle n'avoit pû pourvoir n'ayant pas de bien, avoit cherché long-temps à mettre cette demoifelle auprès de quelque femme de condition ; qu'enfin elle venoit d'apprendre que la Marquife de *** la prendroit. L'idée de cette fille avoit été fimplement de m'apprendre une nouvelle ; mais m'étant informée plus exactement, j'appris que cette demoifelle devoit partir bientôt toute feule, & que ceux qui s'étoient mêlés de cette affaire,

quoiqu'amis de Madame fa mere,
ne la connoiſſoient que de nom;
& ce fut cette certitude qui me
fit former le projet d'une démarche que j'ai bénite cent fois, puiſ-
qu'elle m'a procuré le fort le plus
doux.

Inſtruite de tout ce que je viens
de vous dire, je cherchai le moyen
de me trouver avec cette demoifelle : j'en vins aiſément à bout par
le moyen de ma femme de chambre ; & dès la premiere entrevûĕ
lui ayant fait ſçavoir que j'avois
quelque choſe d'important à lui
communiquer, elle convint de ſe
rendre le lendemain à la meſſe aux
Carmes. Je ne fus pas la derniere
à m'y trouver, mais auſſi ne ſe fit-
elle point attendre. Nous entrâ-
mes dans le Luxembourg ; & après
avoir fait quelques tours, nous nous
aſſimes dans un endroit écarté.
Là après mille complimens de

part & d'autre, je lui demandai si elle étoit d'humeur à me rendre un service dont dépendoient mes jours & ma fortune.

Je sçai, me répondit Lucinde, (c'est le nom de cette chere amie) que rien n'égale la satisfaction d'être utile, & le plaisir que je trouverois à obliger une aussi aimable personne que vous, me tiendroit lieu de reconnoissance. L'air avec lequel elle prononça ces mots, me charma ; je l'embrassai, & lui dis qu'avant toute chose il falloit que je l'instruisisse du motif qui me portoit à lui faire cette demande ; mais que la honte m'empêchoit de lui faire confidence de certaines foiblesses que le repentir me faisoit payer bien cher à la verité, mais qui pour cela n'en étoient pas plus excusables. Helas ! me répondit-elle, vous ne connoissez pas l'infortunée Lucinde, plus foible qu'une

autre, auffi tendre & peut-être
plus à plaindre que vous. Le ciel,
continua-t-elle, en me donnant un
cœur tendre, me fit un bien cruel
préfent. Raffurez-vous, Made-
moifelle ; c'eft vous en dire affez
pour vous engager à vous livrer
entierement à moi. Vous convien-
drez avant peu que vous n'êtes pas
feule le jouet de l'amour. Mais
avant que je vous faffe part de mes
chagrins, faites-moi le récit de ce
qui occafionne les vôtres.

Raffurée par ce que venoit de
me dire Lucinde, je ne fis plus de
difficulté de lui ouvrir mon cœur.
Je lui appris des chofes qui lui ar-
racherent des larmes, & qui m'en
firent répandre. Enfin après lui
avoir fait connoître toute ma tendreffe pour le Marquis, après lui
avoir dépeint fon infidélité, je finis
en lui apprenant que c'étoit chez
Madame fa mere qu'elle devoit

entrer. Eh bien, interrompit aussi-
tôt cette aimable fille, que puis-je
faire pour vous obliger? Je me sens
portée, continua-t-elle, à donner
pour vous ma vie même s'il le faut.
Votre sort enfin m'intéresse & me
devient aussi cher que le mien propre. Souffrez, lui dis-je en l'embrassant, que je vous accompagne:
faites plus, laissez moi pour quelques jours entrer à votre place.
Si je ne puis toucher l'ingrat, la
mort & un sincere aveu de mon
nom vous la rendra bien-tôt : mais
aussi si je suis assez heureuse pour
engager le Marquis à rejoindre les
nœuds qui nous lient, satisfaite &
contente je partagerai avec vous
une fortune qu'en quelque façon
votre tendresse m'aura procurée.

Je sens vos raisons, interrompit
Lucinde, & je me livre avec plaisir
à la douce esperance de vous rendre à ce que vous aimez. Comptez
sur

sur moi, tenez-vous prête, & avant
la fin de la semaine nous partirons.
Cependant comme votre fuite demande de la promptitude, j'ai un
cousin sur qui je compte entierement, qui devoit retenir pour moi
une place au Carrosse, ma mere
étant infirme & ne pouvant se donner ce soin. Je l'engagerai à nous
tenir prêt une Chaise de poste;
par ce moyen votre évasion ne
sera sçûe que lorsque nous serons
en état de ne plus craindre de
poursuites.

Ah! c'en est trop, repris-je,
comment reconnoître de tels ser-
vices? Qu'une tendre amitié, me
repondit-elle, soit le prix d'un
si foible service. Adieu, comptez
sur moi, & soyez prête samedi sur
les onze heures du matin. Je me
retirai pénétrée de reconnoissance,
& me rendis au logis, où jusqu'au
jour marqué je ne fus occupée

E

qu'à faire mon petit ballot, que j'envoyai à mesure chez ma chere compagne.

Vous vous étonnez peut-être, Madame, de ma façon de penser sur le compte du Marquis. Le croyant marié, vous ne pouvez vous imaginer qui pût me porter à l'aller trouver. Ne soyez pas surprise ; tout ce que j'avois pû sçavoir de lui, c'est qu'il n'étoit lié avec personne.

Mais revenons à mes préparatifs. Toutes mes mesures furent bientôt prises. Je passerai sous silence les divers mouvemens dont je fus agitée jusqu'au moment de notre départ. Il me suffira de vous dire que tout fut exécuté de point en point ; que ce jour si attendu vint ; & qu'enfin nous partîmes.

Je ne vous ennuyerez pas non plus par le récit de ce qui se passa les deux premiers jours de notre

voyage. Inquiétes & dans la crainte d'être pourſuivies, nous ne ſon-
geâmes qu'à nous éloigner. Cependant ayant déja couru trente-
ſix heures, Lucinde interrompit le
morne ſilence que nous avions
juſques - là gardé ; & m'ayant re-
preſenté que nous n'avions plus
rien à craindre, me propoſa de
coucher dans un village où nous
arrivames ſur le minuit. J'y con-
ſentis volontiers, & après un leger
repas nous nous mîmes au lit ; mais
n'y pouvant dormir, je pris la parole. Quel plaiſir pour moi de revoir ce que j'aime, mais que la
crainte de le trouver parjure em-
poiſonne cette douceur ! Mon
Dieu, ma chere amie, que les
hommes ſont conſommés dans
l'art de feindre : qu'ils ſont heureux, l'inconſtance n'eſt point un
crime pour eux. Pour nous, victi-
mes nées du devoir, quand à l'un

E ij

d'eux, tel qu'il foit, notre fort eft attaché, notre cœur doit fe refufer aux tranfports de tout autre.

Tel eft notre malheur, me dit Lucinde. Mais, continua-t-elle, envain vous vous chagrinez, je fens comme vous qu'il eft douloureux de fe voir tromper. Cependant fi en cet Amant, autrefois fi tendre & fi paffionné, vous ne trouvez qu'un perfide, croyez-moi, la mort ne doit pas terminer le cours d'une fi belle vie ; au contraire, jeune, aimable comme vous êtes, vous pouvez bien aifément vous venger. Jurez à ce fexe inconftant & trop jaloux de fes injuftes droits ; jurez-lui, dis-je, une guerre d'autant plus dangereufe, que vos apas vous font de fûrs garans de la victoire.

Je vois bien, repris-je à l'inftant, que vous m'engagez moins à déclarer une guerre, qu'à fou-

tenir celle que vos malheurs vous
ont fait allumer. Cependant, vous
l'avourai-je, un reſte de tendreſſe,
que je cherche en vain à étouffer, me parle en ſecret pour le
Marquis : je ne me le repreſente
infidéle qu'avec regret ; je me fais
même un crime de le croire tel.

Il eſt vrai que toutes les apparences ſont contre lui, me dit ma
chere compagne ; que tout, juſte-
ment, vous engage à croire qu'il
vous a manqué de foi : mais qui
ſçait ſi le devoir n'a pas part à cette
prétenduë légereté ? Que dis-je,
votre Amant toujours tendre & fidéle, ſe trouve peut être dans la
dure neceſſité de mourir de douleur de ne pouvoir pas vous en
aſſurer.

A me flatter, m'écriai-je, vous
êtes trop ingénieuſe ; le doute
qu'en ce moment vous faites naître dans mon cœur, a pour moi

trop de charmes, & mon ame ne
se livre que trop à ce doux plaisir.
Telle fut notre conversation. Nous
nous endormîmes; mais le jour,
prompt à recommencer sa course,
nous vint avertir qu'il falloit con-
tinuer notre route, qui fut heureuse;
mais qui me parut bien longue.
Mon cœur, par un tréssaillement
connu à ceux qui naissent avec de
tendres sentimens, m'avertit que
nous approchions du lieu où j'allois revoir ce que j'avois de plus
cher au monde. Nous arrivâmes
enfin.

Nous avions besoin de quelque
repos, & nous passâmes les deux
premiers jours à y satisfaire. Cependant mon cœur murmuroit de
ce retardement : enfin le troisiéme
je laissai Lucinde dans l'endroit où
nous avions pris demeure, après
mille tendres baisers, & l'assurance
de la revoir bien-tôt.

Je conduisis d'abord mes pas
chez un gros Marchand à qui Lucinde étoit recommandée, & pour
qui elle m'avoit donné une lettre.
J'arrivai chez lui, &, comme j'ai
eu l'honneur de vous dire, ne
l'ayant jamais vûe, il me prit aisé-
ment pour celle dont j'avois em-
prunté le nom. Il me fit mille po-
litesses, m'obligea à dîner chez lui,
& me conduisit chez la Marquise.
Elle m'attendoit & me reçût très-
bien. Elle me promit qu'elle auroit pour moi tous les égards dûs
à ma naissance, & me dit que je
pouvois rester dès ce moment auprès d'elle. J'y consentis aprés l'a-
voir assurée que mon unique soin
seroit de mériter ses bontés ; & le
Marchand se retira.

Me voilà donc chez Madame
de ***. J'y arrivai sur les trois heures ; & il y avoit à peine une heure
que j'y étois, quand ma maîtresse me

fit monter en carrosse avec elle
pour aller faire un tour de prome-
nade hors la ville. Ce fut là où j'eus
l'honneur de soutenir une conversation dont je me tirai fort au gré
de la Marquise, puisqu'en m'embrassant elle me dit que je lui ser-
virois de fille, que je serois desor-
mais sa consolation, & que j'étois
fort en état par mon esprit de char-
mer les ennuis que lui causoit un
fils unique qu'elle aimoit tendrement, mais qui par un entêtement
de jeunesse empoisonnoit la douceur de ses jours; qu'il étoit ac-
tuellement au lit, & que l'a-
mour étoit tout ce qui causoit son
mal.   Qu'apprenois-je, grand
Dieu! Quel cruel assemblage d'espoir & de crainte! Notre prome-
nade finie nous remontâmes en
carrosse. Madame de retour, me
fit un détail de choses que je sçavois mieux qu'elle; & après une

conversation fort longue, me conjura de me joindre à elle pour tâcher de faire oublier à son fils une personne qui causoit de si cruels desordres. Quelle commission, interrompit la Dame qui écoutoit. Il est vrai, reprit la jeune Dame, que si la Marquise m'eût connuë, elle ne m'en eût pas chargée : cependant je l'acceptai avec d'autant plus de plaisir, qu'on me procuroit par là le moyen de me trouver seule avec ce fils si cheri. Notre entretien fini je restai seule, & j'en avois besoin. Amour, m'écriai-je aussitôt, qu'à te servir l'on trouve de felicité, tous les maux que tu fais souffrir n'égalent pas tes bontés. Et toi, cher amant, dont injustement j'ai soupçonné la foi, pardonne à mon amour que j'ai crû outragé, les noms odieux que m'a dicté contre toi une injuste fureur. Enfin la douceur de te voir, cette ſatisfaction que je croyois m'être ravie, m'eſt donc enfin rendue. Je te retrouve ; mais que dis-je, amour, perfide amour, tu ne me rends peut-être cet objet ſi cher à ma mémoire que pour lui ravir le jour à mes yeux.

Tandis que je m'abandonnois toute entiere à mes craintes, on vint m'avertir que Madame ſe trouvoit mal. Je courus à ſa chambre, elle avoit perdu connoiſſance : je la couchai, & malgré tous mes ſoins elle ne revint à elle qu'au bout d'une heure. Lucinde, me dit-elle, en ouvrant les yeux, ne ſuis-je pas bien malheureuſe, mon fils plûtôt que de me deſobéïr, ou d'être ingrat envers ce qu'il aime, conſent à mourir : que veux-tu que je faſſe ?

Que vous vous raſſuriez, Madame, répondis-je, perſuadée que le temps qui vient à bout de tout, mettra fin à vos déplaisirs. Je le souhaite, répondit la Marquise. Cependant il est heure de souper, faites vous servir ; & avant de vous retirer, entrez dans ma chambre. J'allai, non pas souper, mais faire semblant. Je revins dans la chambre, mais trouvant Madame endormie, je me retirai. Il est inutile de vous apprendre comment je passai la nuit, vous pouvez vous l'imaginer, & il me suffira de vous dire que le jour me parut bien long à paroître. L'heure d'entrer dans l'appartement étant venuë, je me rendis au lit de ma maîtresse & lui demandai si elle avoit reposé. Elle me dit qu'elle avoit assez bien passé la nuit, & qu'elle me prioit d'aller voir ce fils, qui tout criminel qu'il étoit, ne lui en étoit pas moins cher, & que je lui fisse sentir l'état où sa desobéïssance mettoit une mere dont il étoit trop aimé.

Je ne puis songer à ce moment sans me sentir émûë. Je me fis conduire à l'appartement de ce trop cher malade. Mais, helas, quel moment! Je cherchois ce que j'avois à dire : j'ouvrois la bouche sans pouvoir proférer une parole; enfin j'ignore si j'eusse pû sortir de cette inaction, si le Marquis ne m'eût parlé le premier. J'entendis sortir du fond d'un lit bien fermé une voix, qui quoique mourante, m'alla jusqu'au cœur. On m'a dit que ma chere mere s'étoit trouvée mal, comment se porte-t-elle? Madame n'a de mal, répondis-je en tremblant, que celui que vous lui causés: oubliez, Monsieur, la personne qui cause votre chagrin & le sien; voilà tout ce qu'elle exige de vous. Que je l'oublie, reprit-il, helas! le puis-je? L'amour que je conserve dans mon cœur pour ce charmant objet, tout

tout infidéle qu'il eſt, loin de s'é-
teindre par l'abſence, s'allume
de plus en plus ; par d'invincibles
liens mon ſort fut attaché au ſien ;
de l'amour le plus tendre, faut-il
que l'inconſtance ſoit le prix ?

J'ignore, interrompis-je, quelle eſt la perſonne qui cauſe vos
chagrins ; il paroît que vous avez
des preuves convainquantes de
ſon infidélité, & la façon dont
vous en parlez, marque cependant,
que quoique convaincu de ſon
manque de foi, vous conſervez
toujours pour elle un fond de
tendreſſe inépuiſable. Quoiqu'une
Lettre, dont je ne puis mécon-
noître le caractere, dit-il, ſoit un
aſſez fort indice, je l'avouë, ce
n'eſt qu'à regret que je l'accuſe ;
mais pourquoi cherchai-je à la
juſtifier, continua-t-il, la cruelle
dans les bras d'un autre inſulte peut-
être à mes malheurs ? Amour ! ſi

je prouvai autrefois tes faveurs, si tu me fis passer des nuits délicieu-ses, je te les paye bien cher, en est-il à présent qui, plus que moi, essuye tes rigueurs!

Vous n'êtes pas seul à plaindre, repris-je, & si mon sexe cause vos malheurs, le vôtre fut l'instrument des miens.

Quoi! s'écria le Marquis, je ne suis donc pas seul à plaindre, & j'ai la consolation de voir qu'il en est comme moi, que l'Amour a rendu malheureux. Mêlons, Ma-demoiselle, continua-t-il, nos douleurs, consolons-nous s'il se puis ensemble, & faisons-nous mutuellement part de ce qui les a causé: j'y consens, lui dis-je, & vais vous faire un recit, qui, sans doute, vous arrachera des larmes. J'allois commencer quand on vint m'avertir que Madame me deman-doit; je fus fàché de ce contretemps, & le Marquis ne me permis de me retirer qu'après m'avoir fait promettre de revenir au plûtôt.

Vous êtes surprise, sans doute, de ce que mon époux ne me reconnoissoit pas; mais, hélas! couché dans un lit bien fermé, accablé de chagrins, tourmenté par une fiévre violente, pouvoit-il faire attention à qui il parloit, & le peu de vraisemblance que ce fût celle qu'il aimoit, n'étoit-il pas plus que suffisant pour qu'il ne pût s'en appercevoir!

Je me rendis auprès de Madame la Marquise, & lui ayant fait sentir que son fils paroissoit plus que jamais attaché à la personne qu'il aimoit; je m'imaginai qu'elle alloit se plaindre, & m'obliger à prendre part à sa douleur: je me trompai; car m'ayant dit qu'elle avoit besoin de repos, je me retirai.

Si je sortis avec précipitation de la chambre de la Mere, ce ne fut que pour voler dans celle du Fils, qui me fit asseoir auprès de son lit, & me demanda d'abord quels lieux m'avoient vû naître.

C'est ici le moment le plus intéressant de ma vie, l'instant le plus charmant, & celui dont dépendoit mon bonheur.

J'adressai donc ainsi la parole au Marquis. Paris, témoin de mon bonheur passé, l'a été aussi de mes mortels déplaisirs : Fille unique, adorée de Pere & de Mere la Parque me filloit d'heureux jours, lorsque l'Amour en vint altérer la douceur. Un jeune homme, aimable par la figure, & plus encore par le caractere, me trouva à son gré, fut touché de mon peu de beauté, & sçût si bien s'y prendre, que le premier, il fit naître en mon cœur des desirs ; par son respect, par sa

tendreſſe, par mille ſoins obligeans il ſe rendit maître de mon
cœur; un doux penchant de ma
part ſçût le lui aſſûrer. Enfin, de
ſes ſoûpirs, de ſes tendres lan-
gueurs je ne pus me deffendre;
nous joüiſſions tous deux du ſort le
plus doux, lorſqu'un ordre fâcheux
m'arracha un homme que je re-
gardois comme mon Epoux. Il
fallut nous quitter; il partit après
m'avoir juré une fidélité éternelle.
Cependant, Ciel! qui l'eût pû
croire, l'ingrat, au mépris de ſes
ſermens m'a manqué de foi : Pardonnez, Monſieur, ſi en cet endroit je ne puis retenir mes pleurs.
Le Marquis de *** ne peut voir
qu'avec plaiſirs ces tendres mar-
ques de l'amour qu'a toujours
pour lui la fidelle Angélique.

Qu'entens-je ? Juſte ciel ! s'écria
le Marquis tout baigné de larmes :
Quel agréable ſon a frappé mes

oreilles : Ah ! j'en dois croire les
secrets mouvemens de mon cœur
en vous, continua-t-il, en m'em-
braſſant, je retrouve ce que j'aime; je lui tendis les bras, & dans
ce moment la joye le plaiſir nous
ôterent l'uſage de la parole. Saiſis
que nous étions, les regards les
plus touchans furent les mutuels
interprétes des tendres mouvemens dont nos cœurs étoient
preſſés : nous reſtâmes aſſez long-
tems dans cet état, & je ne ſçai
comment dans ce tendre inſtant
nous n'expirâmes pas de plaiſirs.
Cependant le Marquis recouvrant
la parole, me demanda qui pouvoit m'avoir porté à lui écrire une
Lettre, qui cent fois lui avoit pen-
ſé coûter la vie; & tirant à l'inſtant de deſſous ſon oreillé le fatal
Billet, que la Marquiſe avoit ſup-
poſé, il me pria de le lire. La lecture en fut bientôt faite, & lui

ayant juré qu'elle n'étoit pas de moi,
je lui montrai celle qu'il m'avoit
écrit, il jetta les yeux deffus, &
m'embraffant tendrement me dit,
que tout avoit confpiré contre
nous, que je me tînt cependant
tranquille jufqu'au lendemain, qu'il
efpéroit que la même main qui nous
avoit fait fouffrir, feroit celle qui
feroit notre bonheur. Je paffai encore avec lui un inftant de ceux
qu'on peut nommer charmans ; je
l'inftruifis de tout ce que j'avois
fait, il m'apprit de fon côté tout
ce qui s'étoit paffé ; & enfin j'eus
bien de la peine à le quitter. J'allai rejoindre Madame, qu'un peu
de fommeil avoit rétabli ; je paffai
la journée avec elle, la nuit vint,
& je la paffai inquiéte de ce qui
devoit arriver le lendemain. Enfin
le jour parut pour moi un jour charmant, & le plus beau de ma vie.
J'allai par ordre de la Marquife

avertir son fils qu'elle alloit le venir voir ; nous nous embrassâmes
avec une joye inexprimable ; il me
parut charmant ; il étoit couché
négligemment sur son lit ; il me
pria les larmes aux yeux de me
retirer dans un coin de sa chambre , j'ignorois son dessein , j'o-
béis cependant ; à peine m'étois-
je retirée , que Madame entra. Eh
bien ! mon fils , dit-elle , comment
cela va-t-il ?

C'en est fait, Madame, répondit le Marquis , ma perte plus que
jamais est assûrée en perdant le
jour : cependant je n'ai point à me
plaindre , puisque la même main ,
dont je le tiens , me le ravit. Ce
discours peut vous paroître ambi-
gu , continua-t-il ; mais cette Lettre tombée entre vos mains vous
mettra bientôt au fait , vous en connoissez le stile & le caractere , je
vais vous en montrer le sujet. Ap-

prochez, ma chere Epouse, s'é-
cria-t-il, que Madame vous assûre
un nom pour moi si doux, ou qu'à
vous, comme à moi, elle porte
la mort d'un même coup. A ces
mots je m'avance en tremblant.
La Marquise étonnée fait quelques
pas en arriere ; mais son Fils s'a-
vance vers elle à grand pas , &
nous tombons tous deux à ses genoux. Enfin mon Epoux lui adresse
ces mots : Vous voyez à vos pieds,
Madame, l'aimable objet qui m'a
sçû plaire; je lui fis l'aveu de mes
feux, elle m'opposa sagement mille
raisons, que je vins à bout de com-
battre ; je lui jurai qu'à quelque
prix que ce fût je serois son Epoux,
& cette assûrance, joint à quelques
efforts, me fit triompher de sa vertu ; vous avez tout fait pour nous
séparer, l'Amour qui nous avoit
unis a pris soin de nous rejoindre:
daignez jetter les yeux sur ce que

Mademoiselle a fait pour moi , &
dictez-moi vous-même ce qu'en
honnête-homme je dois faire. Fils
respectueux autant qu'Amant fidéle , j'acceptois la mort plûtôt
que de manquer à l'un de ses devoirs. Mais que vois-je ! vous
vous attendrissez , je vois couler
vos larmes ? Ah ! Madame, s'écria-
t-il , en embrassant ses genoux , si
je vous suis encore cher laissez-
vous toucher ; souffrez que je m'ac-
quitte envers cette Belle ; recon-
noissez-là pour votre Fille , ou bien
punissez-moi de l'avoir flatté d'un
vain espoir , & m'ôtez une vie ,
qui sans cette alliance ne peut
que m'être à charge. La Marquise
étonnée poussoit quelques soûpirs ,
ne sçavoit trop quel parti prendre : cependant jettant les yeux
sur l'état où étoit son Fils , & où
j'étois moi-même , ses yeux tout
à coup se couvrirent de larmes,

& nous tendans les bras : Levez-vous, mon Fils, dit - elle, & vous, Angélique, soyez ma Fille.

Cet arrêt prononcé, ce ne fut que tendres embrassemens, qu'explications gracieuses. Enfin après des momens, dont il faut sentir la douceur pour les pouvoir d'écrire, on envoya chercher Lucinde, qu'on accabla de caresses. Mon Pere bientôt instruit de tout ce qui s'étoit passé, se rendit en poste chez la Marquise, & le jour même de son arrivée, je fus unis à jamais au Marquis. Depuis ce temps je rentrai en grace avec mes parens. J'ai toujours été adoré du Marquis, qui pour être Epoux n'a jamais cessé d'être Amant, & avec cette chere Lucinde que je regarde comme une seconde moi - même. Voilà, Madame, ce que vous m'avez parue avoir envie d'apprendre.

Là finit fort à propos la conversation de ces deux Dames ; car le temps s'obscurcit, le vent s'éléva, le tonnerre se fit entendre ; enfin la pluïe survint, & obligea tous ceux qui se promenoient à se mettre à couvert.

F I N.

www.ingramcontent.com/pod-product-compliance
Lightning Source LLC
Chambersburg PA
CBHW070815260626
47161CB00006B/2295